Tartine apprend à partager

Texte :
Lina Rousseau
Illustrations :
Marie-Claude Favreau

Dominique et compagnie

W9-BDM-694

«Tartine? Viens vite,
on t'attend! dit Galette.
Et n'oublie pas d'emporter
ton goûter.»

Ce matin, Galette, Tartine et leurs amis vont au parc
pour s'amuser et pique-niquer.

« Hip hip hip... » s'écrie Galette
en pédalant sur sa nouvelle bicyclette.
« Hourra ! » répondent ses amis
qui le suivent à la queue leu leu.

«Qui sera le premier arrivé en haut?» lance Galette
en grimpant aux barreaux de l'échelle.

«Hou, hou, hou!» hulule
Flocon en battant des ailes.
«Ah, c'est trop facile
pour elle!»

Tout à coup, Galette entend Tartine hurler...

«Ouah! Fripon, redonne-moi
tout de suite mon ballon. Il est à moi!»
Aussitôt, Fripon le laisse tomber.
Il ne comprend pas pourquoi Tartine a
cette réaction.

«C'est son nouveau ballon, lui explique Galette.
C'est pour cela qu'elle ne veut pas te le prêter.»
Fripon est désappointé.

«Tu dois lui
demander la permission
avant d'emprunter son ballon.
Et si tu l'invitais à jouer?»

Fripon, tout content
des conseils de Galette,
retourne voir Tartine
en courant.

Mais Tartine, assise sur son ballon, est de mauvaise
humeur et ne lui accorde aucune attention.

Fripon, déçu, pleure dans son coin.
«Ciboulette de saperlipopette!
Il faut trouver une solution», s'inquiète Galette.
Sans tarder, il rejoint sa petite sœur et lui rappelle
qu'il est important de partager ses jouets
avec ses amis et de penser aux autres.

«Regarde Fripon, il a de la peine. Et si tu lui prêtais ton ballon? Tu serais fière de toi, et vous seriez plus heureux tous les deux!»

Galette suggère ensuite à Fripon
de faire un échange.
«Veux-tu lui offrir ton seau
pour faire des châteaux?»

«Des châteaux?! Oh oui!
se réjouit Tartine, je suis
tout à fait d'accord.»
«Bravo, Tartine!»
la félicite Galette en
applaudissant très fort.

Ding! Dong! Les cloches sonnent.
Il est midi, bon appétit!
Tous les amis s'installent
pour le pique-nique.

«Où est mon goûter?
s'étonne Tartine. Ah non!
Je l'ai laissé sur la table,
dans la cuisine.»
Snif, snif, snif!

«Ce n'est pas grave. On va tous partager notre goûter avec toi», lui dit Galette pour la consoler.

Fripon attrape aussitôt son sac de carottes et en donne une à Tartine. Galette remet la moitié de son sandwich à sa sœur, tandis que Flocon et Melon proposent à leur amie des noix, un berlingot de jus et des morceaux de melon d'eau.

Tartine retrouve immédiatement le sourire.

«Vous êtes les meilleurs amis du monde entier!» lance-t-elle, réconfortée. «Après le goûter, on va jouer tous ensemble avec ma corde à danser.» Tout partager, ça permet de mieux s'amuser!

Saute, saute, sauterelle
Vole, vole, coccinelle
Saute, saute jusqu'au ciel
Vole, vole avec tes ailes!

Sais-tu...

Pourquoi est-il important de partager
ce qu'on a avec les autres?
Quels conseils Galette donne-t-il à sa sœur
pour l'amener à partager ses jouets?

Et toi? Aimes-tu partager
tes objets préférés avec tes amis?

NOTE AU PARENT OU À L'ÉDUCATEUR :
un certificat de compétence à l'effigie
de Galette et Tartine peut être téléchargé
à partir de notre site Web
www.dominiqueetcompagnie.com

Catalogage avant publication de Bibliothèque et
Archives nationales du Québec et Bibliothèque et Archives Canada

Rousseau, Lina, 1954–

Tartine apprend à partager
(Collection Galette et Tartine)
Pour enfants de 3 ans et plus.

ISBN 978-2-89739-789-0
ISBN numérique 978-2-89739-790-6

I. Favreau, Marie-Claude, 1959–   . II. Titre.

PS8635.O865T372 2017   jC843'.6   C2016-942072-8
PS9635.O865T372 2017

Directrice de collection : Françoise Robert
Psychologue-consultante : Andrée Massé
Révision linguistique : Valérie Quintal
Conception graphique : Dominique Simard

Service aux collectivités : espacepedagogique@dominiqueetcompagnie.com
Service aux lecteurs : serviceclient@editionsheritage.com

Dépôt légal : 4e trimestre 2016
Bibliothèque et Archives nationales du Québec
Bibliothèque et Archives Canada

Dominique et compagnie
1101, avenue Victoria, Saint-Lambert (Québec) J4R 1P8
Téléphone : 514 875-0327 ; Télécopieur : 450 672-5448
dominiqueetcompagnie@editionsheritage.com

www.dominiqueetcompagnie.com

Imprimé au Canada

Nous reconnaissons l'aide financière du gouvernement du Canada
par l'entremise du Fonds du livre du Canada.

Nous reconnaissons l'aide financière du gouvernement du Québec
par l'entremise du Programme de crédit d'impôt – SODEC –
Programme d'aide à l'édition de livres.

Nous remercions le Conseil des arts du Canada
de l'aide accordée à notre programme de publication.

Merci à Denise Blanchette, Hélène Chouinard, Diane Defoy,
Alexandra Gosselin et Sarah Tremblay pour leur collaboration.